*Al Doctor Jean-Marc Aubert y a Guizmo*

© 2010, Editorial Corimbo por la edición en español
Avda. Pla del Vent 56, 08970 Sant Joan Despí, Barcelona
e-mail: corimbo@corimbo.es
www.corimbo.es
Traducción al español de Anna Coll-Vinent
1ª edición septiembre 2010
© 2010, l'école des loisirs, París
Título de la edición original: «Aaaah! Pas le dentiste!»
Impreso en Francia por Jean Lamour, Maxéville
ISBN: 978-84-8470-383-9

**Stephanie Blake**

# ¡AAAAH!
# ¡EL DENTISTA NO!

Corimbo

Hoy,
Simón
está invitado a dormir
en casa de Fernando.
El
papá
de
Fernando
les
hace
**CREPS.**

«¡AY!»,
grita Simón
tras pegarle un mordisco
a la suya.
«¡Me duele la muela,
me
duele
MUCHÍSIMO
la muela!»

«¡Hola, Eva!
Soy Nicolás.
Te llamo
porque Simón
tiene una caries enorme
en la muela izquierda,
y le duele mucho.»

«¡Pobre Simón!»,
se compadece Fernando.
«¡El dentista te atará
a su sillón,
te abrirá la boca
de par en par
y te pinchará
con una
**ENORME**
aguja!»

«¡Ni hablar!
¡No pienso ir al dentista!»,
dice Simón.
«Además,
¡soy Superconejo!
¡Nadie pincha
a Superconejo!»

A la mañana siguiente,
cuando su mamá viene
a recogerlo,
le dice:
«Date prisa, Simón,
tenemos hora
para el dentista.»
Simón responde:
«¡NO PIENSO IR AL DENTISTA!»

Pero
su mamá
no le escucha.
Le hace
subir
al coche.

«¡Vaya! ¡Pero si es Superconejo!»,
dice la dentista.
«¡CACA!», responde Simón.
«Encantada de conocerte, Caca.
Yo me llamo María Laura.
Échate en mi
supersillón
para
superconejos.»

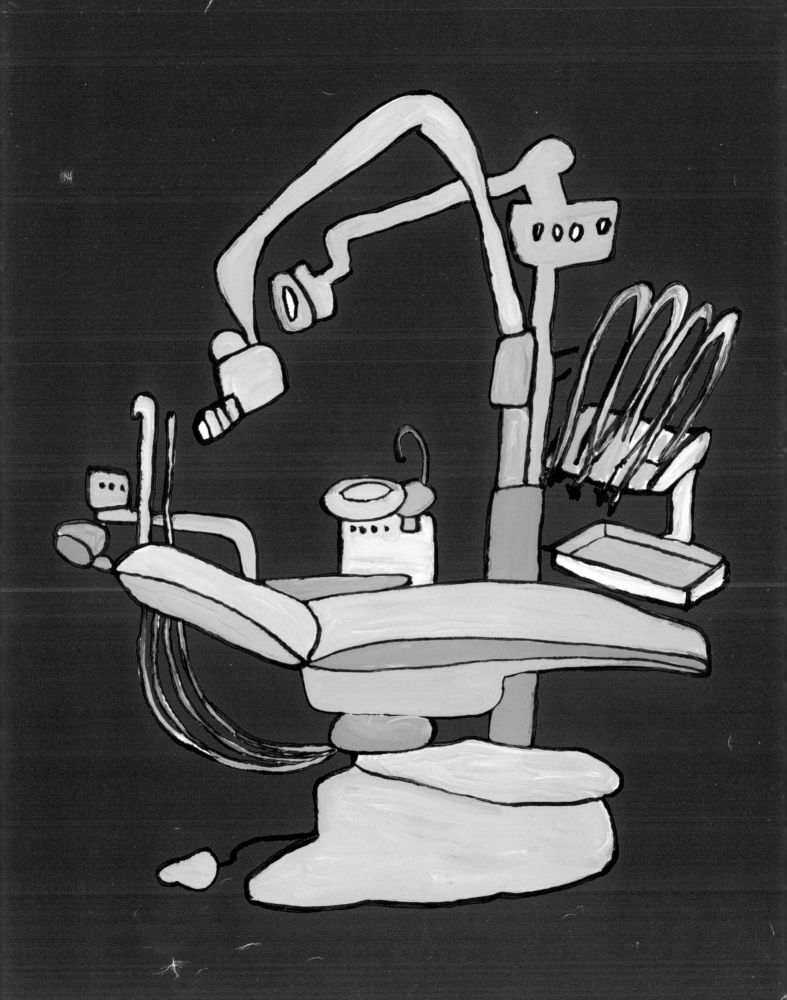

**Pero a pesar
de su negativa,
su mamá
le obliga
tumbarse.**

«No te preocupes»,
dice la dentista.
«No te haré daño.»
Mete
en la
boca de Simón
una pasta de fresa
que tiene muy buen sabor.
Y Simón,
sin moverse,
se deja curar.

Y cuando
vuelve a casa,
Simón llama
a Fernando
sólo para decirle
una cosa:
«¡No duele nada de nada!»

«Ya está, Caca,
hemos terminado»,
dice la dentista.
«Me llamo Simón.»
«Encantada, Simón,
has sido
muy valiente.»
«¡Claro!
¡Soy Superconejo!»

«Simón,
tienes una caries enorme.
Avisaré
a tu mamá
para que te lleve
al dentista»,
dice el papá
de Fernando.